Alianza Cien
pone al alcance de todos
las mejores obras de la literatura
y el pensamiento universales
en condiciones óptimas de calidad y precio
e incita al lector
al conocimiento más completo de un autor,
invitándole a aprovechar
los escasos momentos de ocio
creados por las nuevas formas de vida.

Alianza Cien
es un reto y una ambiciosa iniciativa cultural

TEXTOS COMPLETOS

CAMILO JOSÉ CELA

Café de Artistas

Alianza Editorial

Diseño de cubierta: Ángel Uriarte

© Camilo José Cela
© Alianza Editorial, S. A. Madrid, 1994
Calle J. I. Luca de Tena, 15, 28027 Madrid; teléf. 741 66 00
ISBN: 84-206-4621-0
Depósito legal: B-2921-94
Impreso en NOVOPRINT, S.A.
Printed in Spain

En el café es donde me siento más espa-
ñol que nunca.

Santiago Ramón y Cajal

I

La puerta giratoria da vueltas sobre su eje. La puerta giratoria, al dar vueltas sobre su eje, tiene un ruido mimoso, casi amoroso. En la puerta giratoria hay cuatro reservados, cuatro departamentos; si los poetas son flacos y espirituales, hasta pueden caber dos en cada porción. Los departamentos de la puerta giratoria tienen la forma de las porciones del queso fresco, del blando y albo queso reconstituyente, un queso para madres lactantes. La puerta giratoria tiene un cepillito a los bordes, de arriba a abajo, para que no se cuele el frío de la calle. La puerta giratoria es un bonito símil, algo así como una metáfora a la que se le puede sacar mucho partido. El café de Artistas está lleno de bonitos símiles.

—Se han convocado unos juegos florales en Huesca. Flor natural y tres mil pesetas. Tema libre.

La poesía también está llena de bonitos símiles. Lo del blanco sudario de la nieve ya se lleva poco. Ahora se estila más hacer juegos de palabras y decir víspera y costado. Víspera es muy frutal, muy frutal; es casi como níspero. Costado es muy hondo y muy religioso, muy hondo y muy religioso; es casi como jaculatoria.

Las señoras engordan, pero no importa. Las señoras

7

escriben sus versos y sus prosas, pero tampoco importa. Se trata de un problema de glándulas de secreción interna.

Los poetas toman café con leche, que siempre alimenta. Algún poeta, de vez en cuando, pasa, y se ahorra catorce reales. Las señoras, en cambio, no pasan jamás. Las señoras son insaciables.

—Deme un café con leche.

Un joven de provincias se siente galante.

—¿Quiere usted una copita de anisete? Yo la invito, si no le parece mal.

—¡Gracias, amor!

El joven de provincias se pone colorado y, sin querer, fija la vista en la pechuga de la señora. En su provincia no pasan estas cosas. En su provincia, las señoras están gordas, sí, pero no hacen versos; hacen calceta y filtiré. En su provincia, las señoras también hieden a vaca, sí, pero no toman anisete; toman chocolate, y no siempre.

El joven de provincias se sobrepone. ¡Ánimo, muchacho!

—De nada, no se merecen.

La señora de la pechuga palpitante exhala un suspiro profundo.

—Brrr...

La señora de la pechuga esplendorosa tiene propensión a la calvicie. Eso se corrige con una loción de azufre, frotando bien, todas las mañanas, al levantarse.

—Conque por Madrid, ¿eh?

—Pues, sí, ya lo ve...

—¡Vaya, vaya!

Algunos días, en lugar de decir esto, se dice esto otro:

—Lo que yo le digo a usted, pero que muy en serio, es que Balzac... Bueno, ¡para qué hablar!

Entonces, el joven de provincias se pone a pensar en Balzac y lo confunde con Stendhal. No, no; el de Madame Bovary, el de Madame Bovary.

La señora de la amplia pechuga tiene unos días mejores que otros.

—¿Qué te pasa, Rosaurita?

El joven de provincias encuentra un poco excesivo que a aquella señora, con lo grande que es, la llamen Rosaurita.

—Nada, no me pasa nada. ¡Oh, querido mío! ¡Mil gracias!

—No hay que darlas, no hay que darlas.

Con la señora de pechuga de pavo la conversación no languidece jamás.

—Se conoce que me ha caído mal el alimento, porque me está repitiendo toda la tarde.

—Eso es mismo de la digestión: tome bicarbonato.

El joven de provincias no se atreve a tutear a Rosaurita. El joven de provincias es un chico muy respetuoso con la edad.

En la mesa de al lado, unos señores regular de trajeados hablan de poesía.

—¿Me puedes dejar tres duros? Mañana te los doy.

Al señor que pide los tres duros le deben un dineral, un verdadero dineral, de premios en los juegos florales. El señor que pide los tres duros tiene mucho crédito.

—¿Habéis cobrado en La Coruña?

El señor que pide los tres duros pone un gesto elegíaco.

—¡La Coruña!

Rueda sobre las mesas, rebotando en el techo y escapando por la puertecilla del teléfono, un grave ángel de silencio, un ángel instantáneo.

Rosaurita baja el cocido con anisete.

—¡Está bueno!

El joven de provincias piensa: ¡ya puede!

Rosaurita se mete la mano por la pechuga y saca unas cuartillas, en las que apunta tres o cuatro palabras con un lápiz que le ha prestado el camarero. Después se las vuelve a guardar, arrugadas, tibias, animales.

—¿Qué va a ser?

—Solo.

En la tertulia, que es algo así como la estación del metro de Antón Martín, se acaba de sentar un viejo temblequeante, que tiene dentadura postiza, incontinencia de orina y una hija monja en Albacete.

—Lo que les pasa a estos poetas de ahora, ya lo sé yo pero que muy bien. ¡Vaya si lo sé!

Los contertulios no le preguntan a don Mamed qué es lo que les pasa a estos poetas de ahora. ¡Qué mala uva!

La encargada del teléfono grita:

—¡Señor García Pérez!

La señora del teléfono gritando ¡señor García Pérez! es algo así como el contrapunto de todas las conversaciones del café.

—Pepe, te llaman.

—Voy.

Don Mamed parece un pájaro frito; dan ganas de cogerlo por las patas y comérselo, con cabeza y todo.

—Chico: ¡un blanco para pasar mejor a don Mamed!

Don Mamed cuenta chistecitos costumbristas, chistecitos que huelen a alcanfor, a casa cerrada, a velatorio de niña que cascó en la flor de la edad, a maestro jubilado, a tocino húmedo, a pensión de dieciocho pesetas, a retrete de casino de pueblo, a pescadilla cocida, a alcoba de criada de servir, todo revuelto.

—¡Je, je! ¿Conocerán ustedes el del guardia?

—Sí, sí; ése ya lo conocemos.

A don Mamed no le importa nada prodigarse.

—¡Je, je!

Don Mamed es incansable, es un pardillo muy resistente. Don Mamed rompe a contar el chiste del guardia:

—¡Je, je! Un guardia le dijo a una niñera, ¡je. je! Oiga usted, prenda, ¿qué tal la trata el señorito? ¡Je, je! Y la niñera fue y le dijo, ¡je, je!, oiga usted, guardia, ¿y a usted...?

Don Mamed sigue con su bonita historia, ¡je, je! durante un largo rato. Nadie le escucha. Al joven de provincias le hubiera gustado saber en qué iba a parar aquello del guardia y la niñera.

—¿Quiere usted traer una jarra de agua fresquita?

Los poetas, cuando piden agua, dicen siempre fresquita. Así, en diminutivo, queda más íntimo, más cariñoso, y hay más probabilidades de que, por lo menos por compasión, le hagan caso a uno.

El joven de provincias bebe agua y vuelve a mirar la pechuga de Rosaurita.

—¡Pues no es tan vieja! ¡Yo no sé esta gente!

Rosaurita, que hace ya cerca de treinta años que ha perdido el hábito de ser mirada, ni se da cuenta.

—Los papeles no le han podido llegar muy abajo —piensa el joven de provincias—; la Rosaurita está más bien cumplida.

11

El joven de provincias se decidió a llamarla Rosaurita, aunque no fuese más que en el pensamiento.

—Oiga usted, señora.

La señora con formas de paloma buchona, le interrumpió:

—Llámeme usted Rosaura, joven; Rosaura, como me llaman todos mis amigos, todos mis buenos compañeros de letras.

—Bueno, muy agradecido. Oiga usted, Rosaura.

—Dígame, amigo mío.

El joven de provincias se cortó, igual que la mayonesa cuando la señorita se mete en la cocina.

—Pues... No sé... Se me fue el santo al cielo... No sé lo que iba a decirla... En fin, ¡ya me acordaré!

A la Rosaura le ofrecieron un buby y la Rosaura empezó a echar humo por la nariz; el joven de provincias hubiera jurado que incluso antes de encenderlo.

—¡Qué tía! ¡Qué ganas tenía de echarse un pito!

La Rosaura, fumándose su buby, se sentía el ombligo del mundo. Lo bueno que tienen estas gordas literarias es que son fáciles de conformar; con cualquier cosa se contentan.

—Así da gusto.

—Ya, ya.

El joven de provincias había hablado consigo mismo.

II

En el bar, delante de un café con leche, un editor le explica a un novelista flaquito, con cara de padecer del hígado y quién sabe también si de hemorroides:

—Mire usted, Cirilo, dejémonos de zarandajas y de modernismos. La novela, ¿me escucha usted?

Cirilo se sobresaltó por dentro y puso un gesto casi ruin de estar atendiendo mucho.

—Sí, señor, sí. La novela...

El editor siguió.

—Pues eso. La novela, dejémonos de monsergas y de modernismos, debe constar de los tres elementos tradicionales, clásicos, esenciales. ¿Me entiende usted?

El novelista, por poco, le responde:

—Sí, señor, le entiendo la mar de bien: fe, esperanza y caridad.

Pero pudo contenerse a tiempo.

—Sí, señor, ya lo creo. ¡Los tres elementos tradicionales, clásicos, esenciales! ¡Je, je!

El editor respiró hondo y continuó.

—¿Quiere usted un cafetito?

—Bueno...

—Oiga, un cafetito para este señor.

El editor miró para Cirilo y Cirilo se compuso unos

ojitos de oveja, unos ojitos que querían significar todo su mucho agradecimiento.

—Y esos tres elementos de que le hablo, amigo mío, esos tres elementos tradicionales, clásicos, esenciales, dejémonos de gaitas y de modernismos, son ¿sabe usted cuáles son?

—Siga, siga...

—Pues son: planteamiento, nudo y desenlace. Sin planteamiento, nudo y desenlace, por más vueltas que usted quiera darle, no hay novela; hay, ¿quiere usted que se lo diga?

—Sí, señor, sí.

—Pues no hay nada, para que lo sepa. Hay, ¡fraude y modernismos!

El pobre Cirilo estaba hundido, anonadado. El editor usaba unos argumentos muy sólidos.

—Y si usted quiere que le encargue una novela, ya sabe: planteamiento, nudo y desenlace. Verbigracia: una joven huérfana trabaja como una negra para poder sacar adelante a sus once hermanitos, que también son huérfanos y están algo delicados. Para darle mayores visos de realidad, podemos decir que trabaja en el instituto nacional de previsión, en la sección de seguros para madres lactantes. Bueno. La joven, que se llama, por ejemplo, Esmeralda de Valle-Florido, o Graciela de Prado-Tierno, o algún otro nombre cualquiera, el caso es que sea bello y simbólico, conoce un día, en una cafetería americana, ¡hay que ser modernos!, a un joven apuesto, de mirar profundo, que se llama, por ejemplo, Carlos o Alberto. No se le ocurra ponerle Estanislao; comprenda que no hace bien.

—Claro; sí, señor.

—Pues eso. ¡Ya casi tenemos el planteamiento! Carlos, que es muy desgraciado, corteja a Esmeralda, que tampoco es feliz, pero Esmeralda le pone una condición: ¡Carlos! Dime, amor. ¡Quítate del vermú! Carlos se aparta de la bebida y la joven pareja pasa por instantes muy dichosos. ¿Eh, qué tal?

Cirilo estaba entusiasmado.

—¡Extraordinario!

El editor sonrió, satisfecho.

—Pues nada, ¡para que vea mi afán de colaboración!, si le gusta, ¡se lo regalo!

—Gracias, don Serafín, muchas gracias. ¡Nunca podré agradecerle bastante todo lo que usted hace por mí!

Don Serafín se esponjó.

—¡No hay que darlas! Bueno, vayamos ahora al nudo. Esmeralda, rebosante de dicha, esperó a que su prometido cumpliera años y le regaló un parchís. Carlos, al ver a Esmeralda desempaquetar el parchís, no pudo disimular un hondo gesto de contrariedad. ¿Qué sucedía? ¿Por qué no le había agradado el presente de su amada? ¿Qué misterio encerraba el parchís? ¡Ah! ¡Ahí, precisamente ahí, estaba el misterio! ¿Le gusta a usted cómo va el argumento?

—¡Un horror! Siga usted.

—Pues ya tenemos el nudo. Pasemos ahora al tercero de los elementos tradicionales, clásicos, ₃enciales: el desenlace. Todo gira alrededor del parchís. ¿Estaba envenenado el parchís? ¿Traía a su mente recuerdos de su mala vida pasada, que hubiera preferido alejar de sí como una horrorífica visión? ¡Ah! lo que sucedía era que Carlos, al ver cómo Esmeralda desenvolvía el parchís, se percató de que era cierto y bien cierto lo que siempre había temido: que ambos eran hermanos de padre. ¡Maldición! ¡Ese gesto de ir enrollando el cordelito en un dedo le descifró todo el misterio! ¡Esmeralda! Diga. Digo, ¡di! ¡Nuestro amor es imposible! ¿Y eso? Sí, Esmeralda, ¡una misma sangre late en nuestras venas! ¡Caray! Sí, Esmeralda, ¡apartémonos el uno del otro! Esmeralda se apartó y, ¡zas!, se desmayó. Carlos, cabizbajo, se hizo benedictino. ¿Eh? ¿Qué tal?

Cirilo no pudo menos de responder:

—¡Magnífico, magnífico!

El editor siguió explicando su teoría de la novela y después se marchó. El joven de provincias se acercó a Cirilo.

—¡Hola, buenas!

Cirilo, que acababa de recibir un encargo en firme, ni le miró. ¡Estaría bueno!

—¿Le molesto?

—No, no.

El joven de provincias se acercó aún más a Cirilo a ver si se le pegaba algo.

III

En tres o cuatro mesas en fila, los pintores guardan silencio. El joven de provincias, que también es un poco pintor, procura meter baza; con poca suerte, ésa es la verdad. El joven de provincias no sabe bien lo que es, o lo que quiere ser, o lo que va a ser. El joven de provincias se quedó huérfano de padre y madre siendo aún muy niño. Entonces, sus tías le decían:

—Oye, Julito, hay que ir pensando en tu porvenir. ¿Qué vas a ser cuando seas mayor?

Y Julito se quedaba un poco desorientado y contestaba:

—Pues, no sé... La verdad es que no sé...

Λ sus tías, aquella indecisión del Julito las sacaba de quicio.

—Pues paseante en cortes no vas a ser, descuida. Para eso hay que tener bienes de fortuna.

—Bueno, ya saldrá algo...

El Julito, cuando sus tías se fueron para el otro mundo, malvendió lo poco que le dejaron y se vino para Madrid, a conquistar la ciudad.

—Y a invitar a copitas de anisete a la Rosaura.

—Bueno, ¡eso fue una vez!

El joven de provincias, en la tertulia de los pintores, procura meter baza.

—No, por ahora no hago más que dibujos...

—Bueno.

—Ya me meteré más tarde con el color...

—Bueno.

—Lo que quiero es preparar una exposición con cuidado...

—Bueno.

El joven de provincias guardó silencio porque adivinó que, de un momento a otro, ya no le iban a decir ni bueno.

Los pintores aplastan las colillas contra el mármol de la mesa.

—¡Qué calidades! —pensó el joven de provincias.

El joven de provincias no se llama Julito. El joven de provincias se llama Cándido, Cándido Calzado Bustos. Cándido Calzado Bustos es flaquito, feuchín, paliducho. Cándido Calzado Bustos no va bien del vientre.

—¡Cándido!

—¡Qué!

—¿Qué tal vas?

—Mal...

Cándido Calzado Bustos hace poesías y dibujos. Si le dieran un destino en algún lado, también lo cogería. Cándido Calzado Bustos hubiera querido ser un nietzscheano. Pero no pudo. Cándido Calzado Bustos era, más bien, una monja de la caridad y hacía versitos a los niños pequeños y a los perros callejeros. Los versitos le salían muy grandilocuentes, pero quedaban bastante bien, aunque, según le habían dicho, con algunas reminiscencias.

¡Oh, tú! Perrillo incierto, o bien corazón que pende de nubes
o álamo,
etcétera.

Los pintores entienden poco de poesía. Como compensación, los poetas no entienden una palabra de pintura. Cándido Calzado Bustos era un poco poeta y otro poco pintor y, claro, no distinguía; era como un negado, pero un negado de buena voluntad e incluso de principios.

—Las calidades, las calidades...

—¿Eh?

—Pues eso, las calidades.

—¡Ah!

—La pintura de Asterio se caracteriza por sus finas calidades: calidad de pez, calidad de jarra, calidad de coliflor...

—¿Quién es Asterio?

—Mi maestro.

Los camareros del café de Artistas distinguen a los pintores buenos de los pintores malos por la cara. Con los poetas les pasa lo mismo; no fallan jamás.

—¿Ése? Ése es un ganapán que deja a deber el café.

Los camareros del café de Artistas no se equivocan nunca.

—¿Ése? Ése es un pardillo que deja a deber el café.

Los camareros del café de Artistas tienen una gran seguridad en sí mismos.

—¿Ése? Ése es un muerto de hambre que ni deja a deber el café.

—¿Y qué hace?

—¿Ése? Ése, pues nada; aguanta. Por no pedir, no pide ni bicarbonato.

El joven de provincias pide café, lo toma y lo paga. Conviene irse haciendo un prestigio poco a poco. Si no, no le pedirán a uno, cuando llegue el momento, colaboraciones bien retribuidas, a veinticinco duros con descuento, poesías, artículos, narraciones. Las poesías, hasta las daría gratis. Salvo los ya muy consagrados, que cobran quince y hasta veinte duros por una poesía, los demás poetas las regalan. A los poetas, a pesar de que son agarrados, no se les suelen presentar más que ocasiones de desprendimiento. Claro que los poetas tienen, por regla general, otro oficio —delineante, maestro, confidente de la policía—; si no, no podrían vivir.

—La pintura de mi maestro se caracteriza por sus finas calidades.

—Bueno.

En el café de Artistas se masca un aire denso y manual, un aire que parece hecho de la misma pegajosa y estirable materia de la vejiga de la orina.

—Hace calor.

—No.

Los pintores son de variadas especies: pintores altos y delgados, pintores bajos y delgados, pintores delgados y de media estatura. Los sabios deberían determinar las escuelas de los pintores por su alzada y por sus carnes. Cándido, cuando piensa en eso, sonríe por dentro. Cándido tiene las ideas a destiempo, no lo puede evitar.

—Poesía, poesía, hada de..., bueno, hada de ambiguos ropajes. ¡Qué estupidez!

—¿Qué?

—Nada, hablaba solo.

Cándido se sorprende.

—¡Caray, para una vez que me hacen caso!

Cándido Calzado Bustos no encuentra un nombre de guerra que le acabe de llenar, un nombre de guerra que suene a nombre de gran poeta, a nombre de gran pintor, y que, de paso, no hieda a seudónimo. Cancalbús no le sirve; como descubrimiento, es peor que Azorín.

El joven de provincias, con las manos en el bolsillo del pantalón, mira para el techo y procura acostumbrarse a Cancalbús. Lo malo es que, a fuerza de repetirlo, cada vez lo encuentra más sin sentido, más vacío y extraño.

—Ahí va Cancalbús. No; dicho así parece el nombre de un tonto de pueblo. Cancalbús, ¿quieres un higo? Cancalbús, pareces un estornino sarnoso, te voy a dar un bastonazo.

La barriga del joven de provincias, a través del forro del bolsillo del pantalón, está tibia y latidora, y se mueve, para arriba y para abajo, al compás de la respiración. A la Rosaurita le acontece el mismo fenómeno en la pechuga.

Al joven de provincias no le desagrada la Rosaurita.

—Rosaurita maternal. Rosaurita de quita y pon. Rosaurita, más vale tener que desear, di que sí.

Si se pudiera leer el grasiento y blando corazón de la Rosaurita como se puede leer el colgado bofe de las vacas en las sosegadas, en las remordedoras casquerías, se hubieran aclarado muchas cosas. Pero la Rosaurita llevaba el corazón tapado con esa flor de cretona que se arranca del almohadón de la sala cuando muere el dueño de la casa y se lleva para el otro mundo —infierno, gloria, purgatorio y limbo— la llave de la despensa, la llave de hierro que guarda el aceite y el pan. Y ahora, ¿qué va a ser de la viuda? Nada; fregar despachos, o bien: y ahora, ¿qué va a ser de la viuda? Nada; se pegará la flor de cretona en la pechuga para taparse el corazón. El muerto, al hoyo y el vivo, al bollo.

—¿Con leche, como siempre?

—Sí; tráigame también un bollo.

Rosaurita, cuando puede, mira de reojo al joven de provincias.

—¡Hijo!

Al joven de provincias se le reseca la garganta.

—Sí, sí, no está tan mal, no está tan mal... ¡Si tuviera un momento de decisión! Rosaurita, escuche. Rosaurita, atiéndame. Rosaurita, acépteme como su humilde servidor. ¡Rosaurita! ¡Qué!

El joven de provincias, de golpe, vuelve a la realidad. Cuando se tranquiliza, deja a los pintores y se acerca a Rosaurita. Si tuviera valor se le declararía. Rosaurita está hermosa como nunca. Rosaurita habla con una señora de la mesa de al lado, con una señora vagamente bigotuda que tiene todo el aire de haber sido muy desgraciada, primero con su marido, que era un barbián, y después con sus hijos, que eran un hato de golfos descastados.

—Yo tengo un vecino que es propietario de un taxi de los nuevos, de esos que les han bajado un poquito el piso y que sobre la puerta tienen un letrero que dice: fácil entrada, que le puede poner un parche a su faja sin cobrarle mucho; es un hombre muy considerado. A mí me puso ya tres: uno aquí, otro aquí y otro aquí. Si no hubiese tanta gente, íbamos al tocador y se los enseñaba.

El joven de provincias procuró vencerse.

—Buenas tardes, Rosaura.

—¡Hola, amor!

La Rosaurita dirigió una mirada de hondo desprecio a la señora de la faja rota y el alma llena de sinsabores.

—¡Hola, amorcito!

—Buenas tardes, ¿está usted bien?

La Rosaurita se inclinó, sumisa y grandilocuente, como una pava a la que van a hacer el amor.

—A la vista está, amigo mío.

El joven de provincias pensó en su madre, muerta en la flor de la edad. El joven de provincias, en los momentos cumbres, pensaba siempre en su madre, muerta de tifus en la flor de la edad.

Ahora podríamos divagar: las letras de los boleros pueblan de amargos posos, de deleitosos sedimentos, los híbridos corazones de los jóvenes de provincias, de los jóvenes aficionados a las bellas artes. Hay quien cultiva, como la más rara flor, el acné juvenil, y hay, en cambio, quien se muere en la noche, igual que una lombriz desmemoriada, para después presumir delante de los amigos. En el fondo, es lo mismo: a la gente no se le quitan las ganas de comer ni el afán de pasarse la vida dando consejos al prójimo.

Rosaurita guarda en su casa, en un cajón de la cómoda, una faja llena de parches y de recuerdos.

—¡Qué gracioso, aquella tarde en la plaza de toros de Colmenar Viejo!

Rosaurita guarda entre algodones, en una caja de supositorios, el albo rosario de su primera comunión.

—¡Qué emocionante, aquella mañana en las sillas de hierro del paseo de Recoletos!

Rosaurita guarda en la vesícula las arenillas que el tiempo, ese hijo pródigo, se obstinó en no filtrar.

—¡Qué chistoso, aquel día que me cogió la mano y me dijo: Rosaurita, dame un beso en la sien!

Rosaurita supo que le iban a hablar.

—Oiga, Rosaura...

—Tutéame, tutéame.

—Oye, Rosaura...

—Llámame más dulcemente, dime Rosaurita.

—Oye, Rosaurita...

—¿Qué?

—Nada, se me olvidó.

El café de Artistas está poblado de palomas torcaces que vuelan y vuelan haciendo un ruido infernal.

—Ya me acuerdo. Oye, Rosaurita.

—¿Qué?

—Pues que me gustaría tener alas como las aves y como los querubines y los serafines.

—¿Para remontarte y volar?

—No; para quedarme y abanicarte...

El joven de provincias hizo un esfuerzo inaudito, un esfuerzo tremendo.

—Para abanicarte igual que un fiel esclavo chino de oblicua mirada, sumisa trenza y tez de porcelana.

Rosaurita suspiró hondamente, como si estuviera haciendo gimnasia sueca.

Uno, inspiración.

—Calzado...

Dos, espiración.

—Llámame Cándido.

Uno, inspiración.

—Perdona.

Dos, espiración.

—Estás perdonada.

Uno, inspiración.

—Cándido.

Dos, espiración.

—¿Qué?

Uno, inspiración.

—¡Eres un ser superior!

Dos, espiración.

—No, mujer.

Rosaurita, ya más en calma, pudo continuar hablando al ritmo normal de sus pulmones.

—Sí, Cándido, te lo aseguro, ¡eres un gigante!

Cándido Calzado Bustos vio claro por primera vez desde que llegó a Madrid. Pero su visión fue como un rápido fogonazo que pronto se borró. ¡Vaya por Dios!

—Yo soy más partidario de la poesía antigua, de la poesía eterna. A mí, estas poesías que es igual empezarlas por arriba que por abajo, no me dicen nada. A veces, ésa es la verdad, me he permitido alguna licencia, pero donde esté un soneto, un buen soneto...

—Claro, lo mismo digo: ¡donde esté un buen soneto! El soneto está hecho para el amor, ¿verdad, Cándido?

—Verdad, Rosaurita, ¡una gran verdad! ¡El endecasílabo, como decía don Marcelino Menéndez y Pelayo!

—Ya, ya...

Rosaurita, que no era más tonta de lo corriente, ya había notado que el joven de provincia bizqueaba un poco.

—¡Bah, hasta le hace gracia!

El joven de provincias, más que bizco, lo que se dice bizco, era autónomo, y cada ojo se le iba para un lado, a discreción, como los cuernos de los caracoles.

IV

Cirilo, solo ante una mesa llena de papeles escritos, casi avaramente, por los dos lados, piensa en eso de los tres elementos tradicionales, clásicos, esenciales.

—Sí, don Serafín tiene razón. Sin planteamiento, nudo y desenlace, no hay novela. Dostoievski lo primero que hacía era apuntar en un cuaderno eso del planteamiento, del nudo y del desenlace. Después se ponía a escribir todo seguido y la cosa salía sola. Sus críticos siempre señalan lo cuidadoso que era. Su señora le decía: Fiodor Mijailovich, ¿qué tal va el mundo?, y Dostoievski le respondía: bien, María Dmitrievna, parece que va bastante bien.

El joven de provincias, desde la mesa de al lado, veía hacer a Cirilo.

—Éste ya ha roto el hielo. En fin, confiemos en que, dentro de poco, estaré yo así también.

Cirilo, como no deja de ser lógico, ni se dignaba mirarlo. Nada, como si no existiera.

Sí, no hay duda, no cabe duda. Y en las heladoras noches moscovitas, Dostoievski, con la mirada fija en el samovar, luchaba y luchaba con el nudo hasta poder hacerlo suyo. María Dmitrievna, dame otra taza de aromático té de nuestro viejo y humeante samovar; me parece que este nudo ya no se me escapa. Y María Dmitrievna, amorosa y maternal, se levantaba y le daba su taza de té a Fiodor Mijailovich. Toma, Fiodor Mijailovich, reconforta tus carnes azotadas por el trabajo con una taza de aromático té de nuestro viejo y humeante samovar; me congratulo de saber que ese nudo ya no se te escapa, Fiodor Mijailovich, que lo tienes bien amarrado para siempre jamás. Dicho esto, María Dmitrievna se postró de hinojos ante un icono bizantino y oró largamente.

En la misma mesa que el joven de provincias, un señor babosete y gargajeante estaba atacando los nervios a Cirilo.

—¡Qué tío! Como no se calle voy a tener que marcharme con la música a otra parte. ¡Así no hay quien pueda trabajar!

Cirilo, en unos grandes papeles, tenía apuntadas, con letra redondilla y en la parte de arriba, las palabras planteamiento, nudo, y desenlace, cada una en el suyo.

—Esto es como el esqueleto, como la armazón, pudiéramos decir. Una vez que la tenga construida, bien construida, ya todo es coser y cantar: se le rellena con un poco de paja ¡y al pelo! El caso es que esto quede sólidamente trazado; esto es algo así como la base del edificio. ¡No se pueden empezar las casas por el tejado!

A Cirilo le remordió un poco la conciencia decir eso de las casas y del tejado.

—¡Bueno! Será un tópico, no lo niego, pero es verdad, ¡vaya si es verdad!

El joven de provincias, absorto como un pajarito, no le quitaba el ojo de encima.

—¡Dentro de poco estaré yo así también! ¡Cavilando

y venga a cavilar, bajo la mirada vigilante de mis admiradores!

En los papeles de Cirilo la cosa marchaba bastante bien, ya estaba casi madura. El título era lo que aún no había decidido. Tenía apuntados cinco —Amor imposible, El destino de dos corazones, La hermana ignorada, Las culpas de los padres las pagan los hijos, y La ancestral llamada de la sangre, pero prefería que decidiera don Serafín. ¿Qué trabajo costaba mostrarse dócil y disciplinado?

Lo que iba viento en popa era lo del planteamiento, nudo y desenlace. Cirilo había estudiado la carrera de comercio y era muy meticuloso. Cervantes también era muy meticuloso; de él era aquella famosa anécdota de..., ¡bueno, de lo que fuera!

La hoja del papel titulada planteamiento, decía:

ELLA.

Nombre: Esmeralda.
Apellido: del Valle-Florido.
Edad: veinte años.
Aspecto: alta, rubia, elegante en su modestia, ojos azules, profundos y soñadores.
Eso de los padres: huérfana.
Número de hermanos: once más, pequeños y pretuberculosos. (A causa de las privaciones.)
Profesión: taquígrafa-mecanógrafa. (Sin abusar, podrá decirse, a veces, taquimeca.)
Lugar del trabajo: instituto nacional de previsión, sección de seguros para madres lactantes.
Comportamiento: bueno, es respetada por sus jefes, que ven en ella la encarnación de la mujer española.

ÉL.

Nombre: Carlos.
Apellido: (Por resolver.)
Edad: veinticuatro años.
Aspecto: alto, fuerte, moreno, cabello ondulado, ojos negros de triste mirar.
¿Huérfano?: también.
Número de hermanos: una hermana casada en Nueva York.
Profesión: estudiante de ingeniero de caminos, canales y puertos.
Lugar del trabajo: (Como es estudiante, no tiene.)
Comportamiento: bueno; es noble y generoso, aunque muestre cierta afición a las bebidas espirituosas.

ACCIÓN.

Se encuentran un día en la cafetería americana Girls de Wisconsin. Él, por la camarera, le hace llegar un billetito que dice: Nada más verla he quedado prendado de sus muchos encantos. Si puedo albergar alguna esperanza pida un batido de fresa. Yo ya entiendo. Su devoto admirador, C. Postdata: al batido de fresa tengo mucho gusto en invitarla. Vale. Esmeralda bajó la vista y pidió un batido de fresa. De la cafetería americana Girls de Wisconsin salieron ambos enlazados de la mano.

Cirilo estaba radiante de dicha.
—¡Chist! Camarero, por favor, un batido de fresa. Digo, un café con leche.
A Cirilo le rezumaba la alegría por todos los poros; aquello parecía el sudor.

V

Los cómicos van al café por las noches, bien envueltos en sus bufandas, cuando terminan de trabajar.

—Qué, ¿mucho trabajo?

—¡Vaya, no falta!

A Paquito tampoco le hubiera disgustado ser director de escena. Es un arte muy completo, algo así como la natación, de las artes. Ser cómico ya no le hubiera agradado tanto porque, en el fondo, Paquito era muy vergonzoso.

Una vez le dijeron en el colegio:

—Paquito, vamos a representar el afamado drama de Zorrilla intitulado Don Juan Tenorio.

—Bueno, ¿y qué?

—Pues que como el padre superior, con muy buen criterio y con su mucha experiencia, no quiere que figuren señoritas en el cuadro, aunque sean señoritas finas y hermanas de alumnos, hemos pensado que tú hicieses el papel de Doña Inés.

—Pues, no, yo no lo hago.

—¿Es que te da vergüenza?

—No, no es eso; es que no lo hago, y en paz. No lo hago porque no quiero; vergüenza no me da.

En el fondo, Paquito era muy vergonzoso y se ponía colorado en seguida, colorado como un tomate.

Una vez, siendo ya un mocito, una prima suya que se llamaba Renata, y que se casó dos veces en tres años, le dijo:

—Oye, Paquito, ¿quieres que juguemos a los novios?

Paquito le dijo que no y después se pasó toda la noche sobresaltado y llorando.

Su prima Renata era gordita y de color sonrosado. La primera vez se casó con un veterinario, por amor; con un veterinario gordo y cabezón que olía a pana. La segunda vez se casó, por conveniencia, con un odontólogo de muy buen tipo que olía a elixir que daba gusto. Fue una historia sonada, pero algo larga de contar.

Los cómicos llegan al café hacia la una y media de la madrugada. Si llegan más temprano, mala señal. Los cómicos, antes de hablar, carraspean un poco; algunos, incluso escupen. A Paquito, eso de escupir con confianza era algo que le admiraba mucho y le llenaba de envidia.

—Me gustaría tener la voz gruesa para escupir mejor. También me gustaría tener doble papada para escupir mejor. Y un chaleco gris oscuro, de lana, para escupir mejor.

La prima Renata, según decía, usaba ropa interior de nylon, que se puede lavar en el lavabo del cuarto de baño y seca en seguida, en menos que se piensa. La prima Renata, a pesar de sus carnes, era muy dispuesta y tenía la casa como los chorros del oro.

—Le digo a usted que como los chorros del oro.

Paquito admiraba mucho a su prima Renata.

—¿Está la señorita?

—Sí, ahora se pone. ¿De parte de quién?

—De parte de su primo, el señorito Paquito.

—Espere un momento, que ahora se pone.

Renata se ponía al teléfono y entonces ella y su primo se decían cumplidos.

—¿Tienes la voz tomada?

—No.

—¿Has escrito a la tía?

—No.

—¿Vas bien del vientre?

—No.

En una de las mesas del café, un cómico viejo y flaquito escupe con entusiasmo. Tiene la voz gruesa y lleva un chaleco de lana, color gris oscuro.

—Si tuviera doble papada, escupiría mejor. ¡Ya lo creo!

Paquito, naturalmente, no se llamaba Paquito. Paquito se llama Cándido Calzado Bustos y es un joven de provincias, algo artista, que ha venido a conquistar Madrid, no se sabe bien con qué armas. En el colegio, a Paquito algunos le llamaban Cancalbús. Fue en esa etapa cretina que tienen los adolescentes y que se caracteriza, entre otras, por hacer combinaciones con las sílabas de los nombres, igual que los encargados de bautizar a las droguerías, que suelen ser unos gilís con gafitas y el pelo rizado.

—Cancalbús, guerrero fiero, capitán cartaginés, en enero y en febrero, etc.

Por añadidura, le decían:

—Cancalbús, tipo torero, a la salida te espero.

A Paquito, entonces, lo esperaban a la salida, y un día sí y otro también lo tundían a golpes. Otra de las características de la etapa cretina de la adolescencia es esta de hacer versos.

—¿Pero qué te he hecho yo?

—Nada.

La prima Renata tenía un niño que olía a pipí; se conoce que lo lavaban poco.

—¿Tú quieres que mi hijo se muera de una pulmonía, el fruto de mis entrañas?

—No, no; yo quiero que tu hijo viva y prospere para llegar a ser un hombre de provecho.

—¡Ah, vamos!

El nene de la prima Renata se llamaba Justinianín y tenía cara de topo. A Paquito, el nene Justinianín le daba mucha pena. Una vez, hablando con la Rosaurita, se lo dijo.

—A mí, el Justinianín, ¡qué quieres!, me da una pena enorme, una pena que no puedo remediar.

—Pero, ¿por qué?

—No sé, la verdad es que no lo sé; pero, ¡lo veo tan poca cosa y tan indefenso!

—¡Anda, no seas tonto! ¿Sabes lo que decía Chateaubriand?

—No, ¿qué decía?

—Pues que los indefensos éramos los adultos.

El Paquito se quedó pensando.

—¡Qué profundo es eso!

Nosotros, a Cándido Calzado Bustos le llamamos Paquito, a veces; otras veces, le llamamos Julito; el caso es entenderse.

Rosaura, mientras pensaba en vagas amenidades, respondió:

—¡Y tan profundo! ¡Ya lo creo!

En el café, en el nocturno y abigarrado rincón de los cómicos, suele sentarse don Mamed, el pardillo penicilinorresistente.

—¡Je, je! Un guardia le dijo a una niñera, ¡je, je!, oiga usted, prenda, ¿qué tal la trata el señorito?

El cómico del chaleco de lana gris oscuro le interrumpe.

—Oiga usted, don Mamed, ¿por qué diablos no se calla usted de una pijotera vez para siempre?

Don Mamed se sorprendió mucho.

—¿Es que molesto?

—Pues, hombre, sí; la verdad es que molesta usted bastante. Yo no se lo hubiera querido decir, pero no hace usted más que molestar con tanto guardia, y tanta niñera, y tanta historia.

Don Mamed se calló y se puso triste como un huérfano al que tiran coces y pedradas los vecinos.

—Bueno, si molesto, me callo; usted perdone, yo no había querido molestarle.

El cómico del chaleco de lana sonrió veladamente, casi con ruindad, y volvió a escupir con entusiasmo y con fiereza.

Un segundo de doloroso silencio retumbó por el apesadumbrado aire del café.

A don Mamed, más pájaro frito que nunca, ya no dan ganas de cogerlo por las patas y comérselo, con cabeza y todo; está ya demasiado frito, como ese ajo que se echa en la sartén para quitarle el rancio al aceite.

VI

Cirilo, en un bache de su voluntad, accedió a que el joven de provincias se hiciera amigo suyo. Después, poco a poco, empezó a encontrarlo simpático, y al final —¡qué misteriosas son las reacciones del ser humano!, que diría don Serafín— hasta le tomó cariño, un cariño entendido de arriba a abajo, bien cierto es, un cariño un poco de pájaro, pero grande y tutelador como el de los primogénitos a sus hermanos pequeños, sobre todo si son algo débiles, canijos y barrigones.

—Tuteémonos, es mejor que nos tuteemos. Entre compañeros no cabe el decirse de usted; es muy frío y protocolario, muy como de estar siempre en visita y sin tomar confianza.

El joven de provincias reaccionó en tímido; eso de ser tratado de compañero le había conmovido.

—Bueno, ¡muchas gracias, muchísimas gracias! Para mí es un gran honor, un honor inmerecido, pero ¡no sé si me atreveré! A lo mejor no me acostumbro. ¡Usted tiene ya un nombre y yo..., yo no soy más que un pobre aspirante, un modesto meritorio!

Cirilo se sintió vagamente feliz, feliz de una manera muy inconcreta, muy incierta, muy imprecisa.

—No, hombre, no. ¡Pues no faltaría más! ¡En la gran

república de las letras todos debemos hermanarnos en un apretado haz!

—¡Caray!... Perdón, ¡se me escapó!

El joven de provincias probó a grabarse bien en la cabeza eso tan hermoso de la gran república de las letras y del apretado haz.

—A la primera ocasión lo suelto —pensó el joven de provincias—, ¡qué frase más bella!

Después, el joven de provincias pensó, todo muy fugazmente, si gran república de las letras, en un artículo, debería ponerse con mayúsculas o con minúsculas.

—Yo creo que con mayúsculas...

Cirilo le miró.

—¿Decías algo?

El joven de provincias volvió a la realidad. Un novelista como Dios manda, un novelista con sus gotas de poesía y su planteamiento, su nudo y su desenlace, hubiera dicho: el joven de provincias descendió de su alta nube..., y se hubiera quedado tan fresco, como si nada.

—No, no, nada, estaba echando unas cuentas...

—¡Ah!

Cirilo tenía la nuez en forma de buche. El joven de provincias se distraía pensando en la nuez de Cirilo.

—Seguramente la tiene llena de café con leche. ¡No debiera pensar estas cosas de la nuez de Cirilo! ¡Cirilo es un buen amigo! ¡Más todavía, Cirilo puede ser mi maestro! Las croquetas de bacalao se pegan mucho a la nuez. ¡Apartemos estas ideas de la cabeza!

Los clientes del café de Artistas solían tener todos la nuez abultada, algo deforme. El joven de provincias, un día sin venir a cuento, le dijo a Cirilo:

—Oye, Cirilo, a ver qué te parece esta clasificación de las nueces que me he inventado.

Pero Cirilo no estaba de buenas y le respondió:

—No, no, déjame de nueces, yo no entiendo una palabra de nueces, ni falta que me hace. ¡Si fuese mi tía Amparo, la viuda de don Apolinar, aquel de quien ya te hablé, que tenía seis dedos en cada mano! ¡Ésa sí que sabía de nueces! En su pueblo, cada vez que un enfermo tenía una afección a la nuez, el médico la iba a visitar y le decía: óigame, doña Amparo, ¿quería usted acompañarme mañana por la mañana a casa de la Antonia, la del Miguel Lobito, la que vive en el camino del cementerio? La pobre parece que tiene una afección a la nuez. Y mi tía Amparo no se negaba nunca. ¡Pues no faltaría más, González! ¡Pues no faltaría más, Gutiérrez! ¡Pues no faltaría más! Para todo lo que sea una caridad ya sabe usted que puede contar conmigo. ¡Pues no faltaría más! El médico del pueblo de mi tía Amparo solía llamarse don Simeón González Gutiérrez. Como su papá era de Vich y su mamá de Salceda, el médico del pueblo de mi tía Amparo, cuando era más joven y más presumido, se firmaba Simeón González-Vich y Gutiérrez de Salceda, pero después, con el paso de los años, se le fueron quitando los humos y se hizo más sencillo.

Cirilo se cortó de repente, igual que si le hubieran pegado un tiro con postas en mitad de la nuez.

—¡La verdad es que no sé para qué diablos te cuento yo a ti todo esto! ¡A lo mejor ni lo vas a entender!

El joven de provincias sonrió, casi suplicante, con la carita babosa del mediopensionista a quien van a dejar sin postre (una esférica naranja, un paralelepípedo de dulce de membrillo, etc.).

—Sigue, Cirilo, ¡me aleccionas!

Pero Cirilo no siguió.

—Oye, Manolo, dame otro café.

Manolo, que para esto estaba, respondió:

—Voy, don Cirilo, ¡para eso estamos!

Cirilo se quedó mirando para el joven de provincias; le miraba a los ojos. El joven de provincias tenía los ojos de color corriente, tirando un poco a marrón.

—Cuando don Serafín me pague la novela que me tiene pedida, te voy a invitar a croquetas de bacalao.

El joven de provincias se palpó la nuez con disimulo, con un gesto muy de prestidigitador.

—Gracias.

—No hay por qué darlas. Lo haré con mucho gusto...

VII

Isidro Gil Ciruelo, también llamado Cándido Calza-do Bustos, Cancalbús, Paquito, Julito, joven de provin-cias, artista de varia suerte que lucha por romper el hie-lo y triunfar en Madrid, etc., tiene amores con Rosauri-ta Ruiz de Lázaro, pensionista y viuda de don Leoncio Quirós Rodríguez, del comercio, propietario que fue de las mantequerías Logroñesas, ultramarinos finos y co-loniales de primera calidad. Su prima Renata estaba fu-riosa y como fuera de sí.

—Pero, mujer, ¿y a ti qué más te da?

—¿Cómo que no me va a dar más, si es mi pri-mo?

En el café de Artistas, los amores de Isidro con la Ro-saurita no preocupan a nadie, ésa es la verdad.

—El médico le dijo que tuviese amores, que si no iba a terminar padeciendo de bocio.

—Pues lo que yo digo es que hace bien, pero que muy bien. Lo primero es cuidarse.

Isidro Gil Ciruelo le regaló a Rosaurita una acuarela que le había regalado a él un pintor barbudo, con aires de clérigo hereje, que iba a veces por el café a pedir un duro al primero que tuviera aspecto de llevarlo puesto.

—¿Te agrada?

—Mucho, amor.

La acuarela representaba un torero dando una media verónica a un toro que, en vez de cara de toro tenía cara de calavera de persona. Era una acuarela muy original.

—¿Verdad que es la mar de original?

—¡Y tanto! ¡Ya lo creo que es original!

La Rosaurita, a Isidro Gil Ciruelo, le regaló unos gemelos con el escudito del Real Madrid.

—¿Te agrada?

—Mucho, chatita mía.

A pesar de la diferencia de edad, el Isidro trataba con mucha confianza a la Rosaurita.

—¿Verdad que son la mar de originales?

—¡Y tanto! ¡Ya lo creo que son originales!

—Pues los compré sólo para ti, amor, tan sólo pensando en ti. En cuantito que me pagó el habilitado, aparté unas pesetas y me dije: estos cuartos son sagrados, son para comprarle un recuerdo a mi amor, un recuerdo modesto, pero que lo lleve siempre consigo.

—Rosaurita...

La Rosaurita reclinó la cabeza sobre unos abrigos que había amontonados al lado, unos abrigos que olían a gallinero húmedo.

—Amor...

Por las mañanas, los limpiabotas tienen un aire casi familiar de parientes pobres a los que siempre hay que andar buscando recomendaciones para que metan a la niña mayor en un sanatorio antituberculoso.

—¿Va a limpiar? ¡Se da brillo!

Los limpiabotas, por las mañanas, hacen examen de conciencia y no se suelen encontrar demasiado culpables.

—¡Las botas, limpio! ¿Se va a servir?

Por las mañanas, hasta eso de la una o la una y media, los limpiabotas vuelven la cabeza para sonarse la nariz con un ruido sordo y caritativo, con un rumor vergonzante.

La prima Renata, una mañana se presentó en el café y pidió un paquete de cigarrillos al limpia.

—No, chester.

—También tengo, señorita.

—Bueno, pues llévesela a aquel señor, de mi parte. A aquel que está con esa gorda sebosa que podía ser mi madre, si Dios me hubiera dado menos suerte.

Al limpiabotas se le atragantó la nuez.

—¡Que se la lleve le he dicho!

A Isidro Gil Ciruelo le subió la fiebre cuando recibió la cajetilla. La Rosaurita, como para compensar, palideció.

—¿Quién es esa joven que te regala pitillos?

—Es mi prima, mujer, es mi prima.

La Rosaurita empezó a temblequear por el bigote.

—Sí, sí, tu prima. ¿Y cómo se llama tu prima?

Isidro Gil Ciruelo tragó saliva.

—Pues..., Renata, se llama Renata.

A la Rosaurita le brilló una luciérnaga de celos en medio de la frente.

—Sí, Renata. ¿No has podido inventar otro nombre?

—Mujer, te digo que se llama Renata.

La Rosaurita tartamudeó.

—Sí, sí, Renata.

—Sí mujer. Renata; ¿yo qué culpa tengo? Y, además, te juro que es prima mía.

La Rosaurita empezó a sudar.

—Sí, sí, prima tuya...

A la Rosaurita se le aflautó la voz.

—Sí, sí, prima tuya... Prima tuya...

La Rosaurita rompió a llorar a gritos. La prima Renata se levantó y se marchó, moviendo el bullarengue casi con desafío.

—Le traía el café, señorita.

—Ya no lo quiero; ¿cuánto es?

—Tres sesenta.

Isidro Gil Ciruelo salió de estampía, igual que un gato, y se encerró por dentro en el retrete.

—¡Menudo lío! ¡Mira tú que es bestia esta Renata! ¡Qué horror!

Los limpiabotas de la mañana, los ángeles betuneros de la mañana, pastores de becerros muertos, curtidos y confeccionados en forma de zapato, trataban de consolar a Rosaurita. El Isidro, mientras tanto, fumaba pitillo tras pitillo sentado en la taza de dura loza sanitaria.

—¿Le pasa a usted algo, don Isidro?

—¡Hombre, usted dirá!

Isidro Gil Ciruelo había hablado a través de la cerrada puerta del retrete. Como el montante estaba entornado, su voz se podía oír bastante bien.

—¿Me puede traer la Hoja del Lunes?

—¿Desea usted papel higiénico, don Isidro?

—No; tráigame la Hoja del Lunes; es para ver los resultados de los partidos.

VIII

Excelentísimo señor, señoras y señores:

Es para mí un alto e inmerecido honor ocupar esta prestigiosa tribuna que hoy me acoge para exponer ante ustedes..., bueno, lo que dice el título de la conferencia: La unidad de España en sus artes plásticas referida a los ataques de nuestros seculares enemigos, que a su vez lo son de la civilización cristiana y occidental. Y digo que es para mí un alto honor, señoras y señores, primero, porque lo es, y segundo..., pues, segundo, porque es para mí un alto honor poder desarrollar mis teorías ante tan nutrida cuan selecta representación de las artes, la política, el foro, la ciencia, la milicia, la literatura, la iglesia, la industria, el comercio, la navegación, la banca, etc., etc., etc.

La conferencia que no llegó a pronunciar Enrique Cocentaina y Prats, duraba más de tres horas y media, cerca de cuatro.

—¿Y a ti no te parece algo larga?

—Hombre, ¡qué quieres que te diga! A mí lo que me parece es que, si resulta interesante, no se hará larga, ya verás.

Don Mamed hizo esfuerzos sobrehumanos para unir otra vez a la Rosaurita y a Cándido. Cuando se enteró del número que había organizado la prima Renata, llamó a Paquito por teléfono.

—¿Vive ahí don Enrique Cocentaina y Prats?

—Sí, señor, aquí vive.

—¿Y puede ponerse?

—Espere usted un momento, que voy a ver si está en casa o si ha salido.

La voz de la muchacha de la fonda donde vivía el Julito se oyó gritar por el pasillo.

—¡Señorito Esteban! ¡Al teléfono, le llama un señor!

El joven de provincias se acercó al rincón del fondo de la casa donde el teléfono se pudría de olor a lombarda.

—Diga...

—¿Cándido? Soy yo, don Mamed.

—¡Ah! ¡Diga, diga, don Mamed!

—Pues, óigame, Cándido; quisiera verlo a usted.

—Cuando usted guste.

—Sí, hombre, que eso hay que arreglarlo, eso es una pena dejarlo así. ¡Así no puede quedar!

—¡Y qué más quiero yo, don Mamed, qué más quiero yo!

Con los buenos oficios de don Mamed, la Rosaurita y Cándido hicieron las paces.

—Yo no hubiera podido vivir sin ti, amor mío, corazón...

—Ni yo, Rosaurita, ni yo... ¡Cuánto le debemos a don Mamed!

—¡Y que lo digas, amor, y que lo digas! Don Mamed, para nosotros, corazoncito mío, para ti y para mí, ha sido el hada tutelar que nos ha devuelto la dicha de vivir...

La Rosaurita y Cándido le compraron a don Mamed una corbata de dieciocho pesetas.

—Lo que hay que ver es la intención, don Mamed; el valor no cuenta. Nosotros hubiéramos querido poder obsequiarle a usted con otra corbata mejor...

—¿Mejor? ¡Pero ustedes están locos! ¿Mejor que ésta? ¡Pero si yo creo que mejor no las hay! ¿Mejor aún?

Don Mamed, con su corbata nueva, cobró nuevos bríos y volvió a tener valor para sentarse otra vez al lado del cómico del chaleco gris oscuro.

—¿Dónde ha estado usted metido?

—Pues ya ve, ¡por ahí!

El cómico que, de haber tenido doble papada, hubiera escupido todavía mejor, se fijó en la corbata de don Mamed.

—¡Caramba! ¡Corbata nueva!

Don Mamed engordó. Don Mamed se puso de nuevo pájaro frito apetitoso, pájaro frito al que dan ganas de cogerlo por las patas y comérselo entero, con cabeza y todo.

—Sí, señor; recién estrenada...

—Vaya, vaya, ¡marchan bien las cosas!

—¡Psché! ¡No hay queja!

El cómico del chaleco gris oscuro estuvo a punto de sonreír a don Mamed. Pero, con un gran esfuerzo, lo pudo evitar. El cómico del chaleco gris oscuro se quedó mirando para don Mamed.

—Oiga usted: ¿usted cuántos años tiene ya?

—Setenta y seis, ¿por qué?

El cómico del chaleco gris oscuro miró todavía con mayor fijeza a don Mamed.

—No, por nada. ¡Representa usted más!

Don Mamed, de repente, se convirtió en un pájaro frito repugnante, en un puro pellejo de gorrión. Después salió a la calle, que estaba negra y fría, y se puso a llorar con unas lagrimitas redondas, espesas y amarillas, unas lagrimitas por las que se le iba escapando el aliento.

El cómico del chaleco gris oscuro estuvo muy locuaz aquella noche, muy amable con todo el mundo.

—¿Qué le pasa hoy a Sánchez? Parece que le ha tocado la lotería.

Cuando Sánchez se fue a su casa durmió como nunca.

IX

Cándido habló con su prima Renata, a la que ya se le había pasado la ira, y el marido de la prima Renata metió a don Mamed en el asilo de las hermanitas de los pobres.

—Mira, por lo menos, hasta que se lo lleven a la fosa común, no le lloverá encima y, mejor o peor, comerá caliente dos veces al día. El pobre ya no ha de durar mucho.

La Rosaurita, de haber podido hacerlo, hubiera envenenado a Sánchez. Un camarero del café de Artistas le dio la idea.

—Lo que le digo a usted, señorita Rosaura, es que a este señor Sánchez, y que Dios me perdone, lo que hacía falta es que le metieran veneno en el cuerpo, a ver si reventaba. No le haría falta mucho, descuide usted, que ya bastante tiene él de por sí.

La Rosaurita llegó a pensar en serio en lo del veneno. Cándido procuró disuadirla.

—Déjalo que se muera solo. Yo creo que ya va servido con la cara de hígado que tiene.

Cándido y la Rosaurita, los jueves, antes de acercarse al café, se llegaban al asilo a visitar al viejo. Don Mamed estaba de buen aspecto, pero algo ido. Un día le dijo a la Rosaurita:

—Hija mía, usted es muy joven y muy inexperta, pero yo le aseguro que en el café hay muy poca gente de la que fiarse.

—¿Y por qué me dice usted eso, don Mamed?

—¡Yo bien sé por qué se lo digo, hija mía, yo bien sé por qué se lo digo! ¿Se acuerda de don Eduardo Sánchez, aquel cómico que murió de tristeza?

Cándido le hizo una seña y la Rosaurita se calló.

—Sí que me acuerdo, don Mamed.

—Bueno. Pues lo que yo le digo a usted, hija mía, es que don Eduardo era un gran caballero y un gran artista, al que mataron a disgustos entre todos. ¡Si don Eduardo me hubiera hecho caso! Yo siempre se lo decía: Sánchez, quítese usted la corbata nueva; esta gente no perdona que nadie lleve una corbata nueva; haga usted lo que yo, que no me pongo la corbata nueva más que los domingos por la mañana, para ir a misa.

—Claro...

—Y tan claro, hijita, y tan claro. Claro como la luz del sol. Si yo llego a llevar mi corbata nueva al café, me hubieran hecho la vida imposible, no lo dude.

Don Mamed, con sus encías de color ceniza, chupaba los pitillos casi con alegría y se babeaba sobre la corbata nueva.

—¿Necesita usted algo, don Mamed? ¿Quiere usted que el jueves le traigamos alguna cosa?

—No, hija, nada; muchas gracias. Bueno, sí; tráiganme ustedes un librito de papel de fumar.

—¿Y tabaco, tiene?

—Sí; tabaco aún me queda algo, yo creo que me ha de llegar.

Al jueves siguiente, cuando Rosaurita y Cándido llegaron al asilo, la hermana les dijo:

—Don Mamed ha dejado de sufrir...

—¿Qué?

—Que el Señor le ha llamado a su lado.

En el depósito, don Mamed, en su ataúd de pino color gris oscuro, como el chaleco de lana de Sánchez, parecía una marioneta que hubiera estado muchos meses olvidada en el más frío y olvidado desmonte. A Cándido Calzado Bustos, Cancalbús, le empezaron a bailar en el bolsillo los dos libritos de papel de fumar que llevaba para don Mamed.

—¿Qué hago con esto?

—¿Con qué?

—Con los libritos de papel de fumar.

—¡Ah! Méteselos en el bolsillo.

Cándido se acercó a don Mamed y le metió los dos libritos en el chaleco, un chaleco de algodón gris oscuro, con tiernos tornasoles de sebo. Don Mamed, con un ojillo entreabierto, parecía vigilar la escena. Don Mamed tenía agujereadas las suelas de los zapatos, desflecado el cuello de la chaqueta, y sucia y vieja, noblemente sucia y vieja, la camisa. Sobre su cuerpecillo mínimo, la corbata nueva, húmeda de tierna baba dulzona, semejaba una bandera insensata haciendo guiños verdes y colorados, a franjas, a la muerte.

En el depósito no olía a cera, ni a flores amarillas y amargas, ni a medicina, ni a gato muerto, ni a desinfectante. En el depósito olía a puchero pobre.

—Rosaurita...

—¿Qué?

—¿Nos vamos?

—Bueno.

—¿Y a dónde vamos?

—A donde tú quieras.

—¿Nos acercamos al café?

—Bueno, como tú mandes.

—Sí, vamos al café, pero no le digas a nadie que don Mamed ha muerto.

—No...

Por la plaza de Alonso Martínez y por la calle de Génova las parejas pasaban cogidas del brazo, mirándose a los ojos. La Rosaurita y Enrique Cocentaina y Prats también iban cogidos del brazo. Pero miraban para el suelo, para los alcorques de los árboles, la fosa común de las colillas y los libritos de papel de fumar vacíos.

—¿Tienes frío?

—Sí, más bien...

X

La puerta giratoria del café de Artistas da vueltas sobre su eje. La puerta giratoria del café de Artistas, al dar vueltas y más vueltas sobre su eje, hace un ruido mimoso, amoroso, doloroso. En la puerta giratoria del café de Artistas hay cuatro esclusas, cuatro estaciones; si los poetas son delgaditos y espiritados, hasta pueden caber dos en cada pozo amargo, en cada cangilón de noria. Pero si del café de Artistas hubiera que sacar a un poeta muerto, a una poeta con los pies para adelante, a la puerta giratoria habría que doblarla, como un abanico.

La puerta giratoria del café de Artistas tiene un cepillito al borde, de abajo a arriba, para que no se escapen al frío de la calle los malos pensamientos. La puerta giratoria del café de Artistas es una bonita imagen, algo semejante a un bonito hallazgo al que se puede estrujar y estrujar, hasta sacarle todo el partido posible. El café de Artistas está lleno de aleccionadores, de sobrecogedores hallazgos.

—Se han convocado unos juegos florales en Palencia. Flor natural y tres mil pesetas. Tema: Patria y Poesía. Extensión: de cien a ciento cincuenta versos.

La poesía también está llena de enternecedores, de

preocupadores hallazgos. Lo de tus ojos hondos como la verde mar, ya no se estila. Lo de la noche tachonada de estrellas, tampoco. Ahora se usa más, más eficazmente, quisiéramos aclarar, el hacer equilibrios con las palabras y decir desterrado y surtidor. Desterrado es muy social, muy social; es casi como sangre. Surtidor es muy etéreo y vertical, muy etéreo y vertical; es casi como ciprés.

Las señoras hieden, pero no importa. Las señoras componen a brazo, como el chocolate de los conventos, sus cuentos y sus novelas, pero tampoco importa. Se trata de un problema de endocrinología.

Los poetas toman café con leche, que siempre inspira. Algún poeta, de cuando en cuando, se agacha y pasa, igual que al mus. Entonces, se le retira la inspiración y murmura o hace artículos para los periódicos. Las señoras, por el contrario, no pasan a nada. Las señoras son un saco sin fondo de prosa, de café, de versos y de leche.

—Deme un doble de café con leche.

Los jóvenes de provincias ya ni se atreven a sentirse mosqueteros y a gastarse los cuartos. Piensan: ¿quiere usted, señorita, una copa de chartreuse? Yo tengo mucho gusto en invitarla, si usted me lo permite... Pero se callan como muertos y no escuchan la voz del agradecimiento:

—Gracias, amor...

Los jóvenes de provincias, desde que don Mamed se fue, tan calladito, para el otro mundo, se ponen colorados a destiempo y no fijan la vista, como sin querer, en los recios brazos desnudos de las señoras mayores. Los pobres, a fuerza de querer estar de vuelta, siguen como en su provincia, disciplinados, conservadores, cobistas, arbitristas, sablistas. En la provincia, las señoras mayores también lucen, a veces, poderosos brazos desnudos y fieramente vacunados. Pero, además de dedicarse a sus labores, disciplinan a gritos a la criada, sablean al marido, conservan el patrimonio y las grasas, y usted que lo vea, arbitran tómbolas y campeonatos de canasta uruguaya para allegar fondos con destino a quienes sufren más allá del telón de acero, y dan coba sin norte previsto, a quienes les toque en suerte o les caiga en turno.

Los jóvenes de provincias ya ni se sobreponen. Ánimo, ¿para qué darles?

—Hombre, ¡si me diera usted ánimos!

—No, hermano; los necesito todos para mí; búsqueselos usted por ahí adelante, a ver si los encuentra.

Las señoras de los potentes brazos, al menor descuido, braman igual que bisontes.

—Brrr...

Las señoras de los brazos como penínsulas suelen tener predisposición a la calvicie. Eso no se quita con nada. A la que Dios le dio pelo, que San Pedro se lo conserve. Y a la que se quede calva, que se compre un peluquín color caoba.

—Conque por la capital, ¿eh?

—Pues, sí, eso parece...

—Vaya, ¡no está mal!

Algunas tardes, en vez de esto, se oye esto otro:

—Pues lo que yo le aseguro a usted, ¡y muy seriamente!, es que Flaubert... Bueno, ¡más vale callarse!

Entonces, el joven de provincias de turno se pone a pensar en Flaubert y lo confunde con Balzac.

—No, no, el de Rojo y Negro, el de Rojo y Negro.

Entre las señoras de los brazos forzudos las hay felices y las hay desgraciadas.

—¿Le sucede a usted algo, Esmeraldina?

Los jóvenes de provincias encuentran muy normal que aquella señora, con aquellos brazos, se llame Esmeraldina.

—Pues, sí, ¡claro que me pasa!

—¿Y qué le pasa a usted?

—¿Y qué me va a pasar? ¡Lo de siempre!

—¡Ah!

Las señoras de brazos amplios son muy seguras en la conversación; ocurra lo que ocurra, ellas no se callan jamás.

—Se conoce que me ha hecho daño el besugo que comí en casa de mi cuñada, porque no hace más que repetirme toda la santa tarde.

—Será que no estaba en condiciones. ¿Por qué no se purga usted?

—¿Purgarme yo? ¡Púrguese usted, si quiere!

—No; yo no, muchas gracias. A mí no me ha hecho daño ningún besugo.

Los jóvenes de provincias jamás tutean, de buenas a primeras, a las anchas señoras del café de Artistas. Los jóvenes de provincias suelen ser muy respetuosos con las arrobas.

En una mesa cualquiera, unos señores vestidos que ni fu ni fa, hablan de poesía.

—Lo siento, pero no te puedo dejar tres duros. ¿Quieres uno?

—¡Venga!

Al señor que acaba de pescar un duro por el procedimiento del arrastre, le deben una fortuna, una verdadera fortuna, de premios en los juegos florales. El señor que acaba de cazar un duro con liga es hombre de mucho crédito.

—¿Habéis cobrado en La Coruña?

—¡Ay, La Coruña, punto de veraneo! ¡La ciudad sonrisa!

Se desliza sobre el mármol de las mesas, rozando el techo y huyendo por la puerta de la cocina, un ángel torpón y fugitivo, un pausado ángel de silencio.

A Esmeraldina le hubiera hecho falta una copita de chartreuse para domar el besugo. Esmeraldina, después de echarse al buche su chartreuse, hubiera dicho, seguramente:

—¡Está bueno!

Y el joven de provincias hubiera pensado:

—Pues, hombre, ¡claro que tiene que estar bueno!

Esmeraldina busca en su manga dos o tres palabras con un lápiz que le ha prestado un señor de la mesa de al lado. Después, los papeles de Esmeraldina vuelven a su alto nido.

—¿Quiere algo?

—Sí, con leche.

En la tertulia de los poetas, que es algo así como la general del estadio Metropolitano, ya no se sienta aquel viejecito tembloroso, el de la dentadura desajustada, la orina pronta y la hija monja. El hombre está en la fosa común, hace ya algún tiempo, y los amigos ya no tienen necesidad de no preguntarle lo que hubiera querido oír. La muerte, ¡qué le vamos a hacer!, salta sobre las malas uvas.

La mujer del teléfono pregona:

—¡Don Juan de Roque!

La mujer del teléfono pregonando ¡don Juan de Roque! es algo así como el telón de fondo de todos los sinsabores y de todas las tibias alegrías del café de Artistas.

—Juan, te llaman.

—Va.

Ya no quedan contertulios con aire de pájaro frito; contertulios a los que daban ganas de cogerlos por las patas y comérselos, ¡zas!, con cabeza y todo.

—Chico, no traigas ese blanco, ya no lo necesito.

Ya nadie cuenta sainetillos recitables, sainetillos que olían a naftalina, a baúl olvidado, a sala de espera de hospital, a maestra jubilada, a pan mojado, a prostíbulo de cabeza de partido judicial, a urinario de sociedad benéfico-recreativa, a hígado crudo, a mano de matarife, todo mezclado y bien mezclado. ¡Qué estúpida tristeza!

—Por favor, ¿puede usted darme un poquito de bicarbonato?

Los poetas, cuando quieren bicarbonato, lo piden siempre por favor y dicen: un poquito, para no alarmar. Las fórmulas del mendigo suelen estar acreditadas de eficaces.

El joven de provincias toma su bicarbonato, disimula el gas lo mejor que puede y clava su vista en los brazos de Esmeraldina.

—¡Vaya brazos! Yo no me explico cómo no está todo el mundo mirando para los brazos de esa señora.

Esmeraldina, que hace ya media docena de lustros que ha olvidado que algún hombre pudiera mirarla, ni se percata.

—Los papeles no habrán podido subir demasiado —piensa el joven de provincias—, las mangas le están muy apretadas a la Esmeraldinita, muy justas es lo que le vienen.

El joven de provincias se permitió llamarla Esmeraldinita, para sus adentros.

—Escuche usted, señora.

La señora con brazos de patrón de trainera, le paró en seco.

—Llámeme usted Esmeraldina, joven; Esmeraldina, como me llaman siempre todos mis amigos, todos mis buenos y entrañables camaradas literarios.

—Bueno, muy agradecido. La llamaré como usted guste. Escúcheme usted, Esmeraldina.

La Esmeraldina se puso de perfil para atender mejor. ¿Sería sorda?

—Dígame, mi dilecto amigo.

El joven de provincias se cortó, como la leche en las calurosas noches del verano.

—Pues... Usted perdone... Se me fue la burra... La verdad es que no sé lo que iba a decirle... En fin, ¡qué le vamos a hacer! ¡Otra vez habrá mejor suerte!

A la Esmeraldina la llamaron desde otra mesa —no, no era sorda, ¡menos mal!— y le tiraron un buby por los aires, un buby que atrapó al vuelo, como los perros de caza el pedazo de pan que les tira el amo.

—Gracias.

—A usted, por aceptarlo.

La Esmeraldina, de repente, empezó a echar humo por la nariz, igual que la máquina de un tren; todo fue tan rápido, que el joven de provincias ni le vio encender el buby.

—¡Qué barbaridad! ¡A eso, en Castilla, se le llama ganas de fumar!

La Esmeraldina, chupando su buby con fruición, se sentía el eje del universo. Lo bueno que tienen las literatas talluditas es que son de buen conformar y con todo se contentan; se conoce que tienen la boca dura.

—¿Hay queja?

—No, no...

El joven de provincias, a veces, hablaba solo.

Final

La Rosaura y Paquito se consideraban ya casi como socios fundadores del café de Artistas; la dueña, algunos días, hasta les consultaba sobre la marcha de los acontecimientos mundiales.

—¿Qué hay de la bomba atómica, don Cándido, usted cree que podremos estar tranquilos?

—Pues claro que sí, señora, pues claro que sí, ¡eso no son más que habladurías!

Julito, al sentirse llamar don Cándido por la dueña del café de Artistas, se hinchaba de orgullo y de dignidad, como los números uno del bachillerato, allá en el colegio.

—Pues claro que sí, señora, pues claro que sí, ¡eso no son más que ganas de hablar que tiene la gente!

—Dios le oiga, don Cándido...

—Nada, señora, nada; usted no se preocupe.

Una mañana, la dueña del café de Artistas le preguntó a Esteban:

—Oiga, don Cándido, ¿qué ha sido de su amigo don Mamed, que hace ya algún tiempo que no lo veo por aquí? ¿Estará malo, sabe usted algo?

Enrique Cocentaina y Prats tosió un poquito, antes de decidir la respuesta.

—Pues, no, no está malo... Está en Barcelona, las últimas noticias suyas las recibí de Barcelona; por cierto que estaba muy bien, según me decía, y me encargó que le diese sus recuerdos. ¡Qué memoria tengo más fatal, yo no sé en lo que voy a parar!

La dueña del café de Artistas se puso muy contenta.

—Muchas gracias, don Cándido; cuando le escriba, haga usted el favor de darle los míos. ¡Pobre don Mamed, siempre tan cumplido y tan buena persona! El día que el pobre fallezca, yo le he de sentir mucho, créame usted.

Isidro Gil Ciruelo procuró sonreír. La Rosaurita estaba admirada y, en aquellos momentos, lo quería más que nunca.

—¡Es un gigante, un verdadero gigante!

Cancalbús se dirigió a la dueña del café de Artistas.

—No, mujer, ¡quién va a pensar en eso! A don Mamed le queda todavía mucha cuerda...

Cándido Calzado Bustos tragó un gran buche de saliva. La dueña del café de Artistas era más escéptica.

—No, don Cándido, mucha cuerda no le puede quedar. Al pobre don Mamed le lleva zurrado mucho la vida...

—Bueno, bueno, ¡ya veremos!

*

La conversación entre la dueña del café de Artistas, el joven de provincias y su novia, la Rosaurita, que se limitaba a mover la cabeza para arriba y para abajo, tenía lugar a las doce o doce y cuarto de la mañana, depende de por donde se cogiese, según el viejo reloj que tantas horas de humillación, de hambre y de desconsuelo había marcado para don Mamed.

En otro reloj mucho más grande, en el inmenso reloj que ordena la buena marcha de las estrellas, estaba prevista, con todos sus detalles, la hora exacta en la que los gusanos, después de haber secado bien a conciencia la sosa babita de don Mamed, habían de meterle el diente a la corbata nueva, verde y colorada, a franjas, igual que una bandera, que le habían comprado, por dieciocho pesetas, sus amigos Rosaura Ruiz de Lázaro, viuda de don Leoncio Quirós Rodríguez, y Cándido Calzado Bustos, joven de provincias aficionado a las bellas artes que había venido a conquistar Madrid, nadie sabe bien con qué armas en el bolsillo.

A lo mejor, esa hora era, exactamente, las doce de la mañana del día 10 de marzo de 1953. Todo pudiera ser y, además, cosas más raras se han visto.

Madrid, 10 de marzo de 1953

Café de Artistas se publicó por primera vez en 1953 (*La novela del sábado,* núm. 6). Más tarde fue recogido en el volumen titulado *El molino de viento y otras novelas cortas,* aparecido en 1956.

∾

Títulos de la colección: